LE MÉDECIN VOLANT

DE BOURSAULT

PARIS

Nouvelle Collection Moliéresque

M DCCC LXXXIV

XIII

LE MÉDECIN VOLANT

TIRAGE

300 exemplaires sur papier vergé (Nos 41 à 340).
  20   —   sur papier de Chine (Nos 1 à 20).
  20   —   sur papier Whatman (Nos 21 à 40).
340 exemplaires, numérotés.

No 200

LE
MÉDECIN VOLANT

COMÉDIE BURLESQUE

PAR

BOURSAULT

PRÉCÉDÉE D'UNE NOTICE

PAR LE

BIBLIOPHILE JACOB

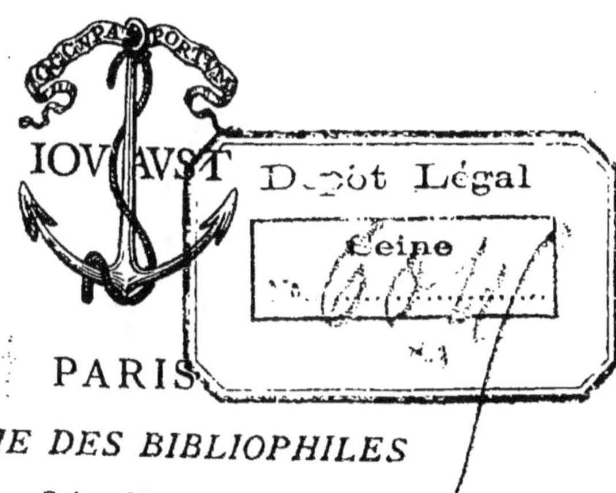

PARIS

LIBRAIRIE DES BIBLIOPHILES

Rue Saint-Honoré, 338

—

M DCCC LXXXIV

PRÉFACE DE L'ÉDITEUR

M. Victor Fournel a réimprimé le MÉDECIN VOLANT, *de Boursault, dans l'excellent recueil, intitulé les* CONTEMPORAINS DE MOLIÈRE (*Paris, Firmin Didot, 1863-75, 3 volumes in-8), où l'on trouve la plus curieuse histoire des différents théâtres de Paris, depuis 1650 jusqu'en 1680. M. Victor Fournel est, sans contredit, le critique le plus judicieux et le plus savant de la littérature dramatique. Ce qu'il dit du* MÉDECIN VOLANT, *dans sa notice sur Edme Boursault, pourrait suffire pour former la Préface de notre réimpression de cette comédie burlesque, s'il s'était préoccupé davantage du plagiat effronté que Molière avait à reprocher à Boursault, et qui fut l'origine de la brouille et de la querelle des deux auteurs.*

Voici d'abord le jugement de M. Victor Fournel sur la comédie de Boursault :

a

« *Le* Médecin volant *est une farce bouf-
fonne qui ne touche par aucun point, sinon
quelquefois par le style, à la vraie comédie.
On connait le* Médecin volant *de Molière, es-
pèce de canevas burlesque, longtemps conservé
manuscrit dans la bibliothèque de J.-B. Rousseau, et que les dernières éditions ont recueilli
avec la* Jalousie du Barbouillé. *C'est une véri-
table parade de tréteau, où le génie du poète
comique ne se révèle encore par aucun éclair
et qui fut sans doute l'une des premières pro-
ductions de sa verve juvénile, lorsqu'il courait
la province. On sait que Molière avait pris le
sujet et les principales situations de sa pièce
dans une comédie italienne :* Arlicchino medico
volante. *C'est aussi à la même source qu'a
puisé Boursault : il dit, dans l'Avis au lecteur
de son* Médecin volant : « *Le sujet est italien ;
il a été traduit en notre langue, représenté
« de tous côtés* ». *La seule physionomie de la
pièce, les lazzi et les jeux de scène dont elle
est remplie, suffiraient, d'ailleurs, à indiquer
cette origine. Les frères Parfaict ont donné,
dans leur* Histoire de l'Ancien Théatre italien, *une analyse du* Medico volante, *en le
rangeant parmi les farces de ce théâtre qui
ont paru, au plus tard, en 1667. Il est pro-
bable qu'elle a été jouée, plusieurs années et*

longtemps auparavant, sinon sous la forme où ils l'ont trouvée, du moins sous une forme plus élémentaire. C'est là un sujet, en quelque sorte, traditionnel pour le Théâtre italien, et on en retrouve le fond dans plusieurs comédies antérieures de la même scène, en particulier dans le troisième acte de la ZERLA *(la Hotte). La pièce dont les frères Parfaict donnent l'analyse n'est pas sans doute celle dont Boursault a tiré la sienne, à supposer même, comme nous le croyons, qu'elle ait été représentée avant la date indiquée par eux : en effet, Boursault dit expressément, dans son* Avis au lecteur, *qu'il a fait une* traduction fidèle *de la comédie italienne, et ces mots ne s'appliquent pas au* MEDICO VOLANTE, *qui a trois actes, et contient plusieurs développements qu'on ne retrouve ni dans la farce de Boursault, ni dans celle de Molière ; mais elle est l'extension et le développement du canevas primitif, qui a servi de texte à nos deux auteurs, et même il ne serait pas impossible que les comédiens italiens eussent postérieurement accru ce canevas, suivant leur usage, aux dépens de Molière et de Boursault.*

« Peut-être ce dernier s'est-il plus simplement encore inspiré surtout de la farce de Molière : on est tenté de le croire, car il le suit pas à pas,

*et sa pièce n'en est guère que la traduction en
vers, mais du moins en vers faciles et très bien
tournés.* »

Si, comme le remarque M. Victor Fournel,
Boursault s'est inspiré surtout de la farce de
Molière, et si sa pièce n'en est guère que la
traduction en vers, on comprend que Molière
ait eu raison de regarder Boursault comme
un plagiaire et un contrefacteur. Que Molière
ait puisé l'idée de sa farce du MÉDECIN VOLANT
dans un canevas italien, dans une des farces
que les comédiens italiens jouaient à l'impro-
visade, c'est possible ; mais ce canevas n'existe
pas plus que la pièce italienne, dont Boursault
prétendait avoir donné une traduction fidèle. Il
faut s'en tenir à l'opinion des frères Parfaict
qui écrivaient, d'après de bons documents, leur
HISTOIRE DE L'ANCIEN THÉATRE ITALIEN : la comédie italienne, dont ils ont fait l'analyse, serait postérieure à la farce de Molière et à la
comédie de Boursault. Il faut donc la considérer
comme une imitation italianisée des deux pièces
françaises composées sur le même sujet et sur le
même plan, avec le même titre, l'une vers 1650,
l'autre en 1661. Ces deux pièces, dont une
seule, la comédie de Boursault, avait été imprimée, ne se jouaient plus depuis longtemps,
alors que la comédie italienne était représentée

partout et sans cesse par de nouveaux acteurs, qui renouvelaient son vieux succès.

De là ce jugement trop partial du marquis de Paulmy, dans une note manuscrite, où il donne hautement la préférence à la comédie italienne sur la comédie de Boursault : « Le Médecin volant *est une farce digne de la parade ; elle est ici assez maussadement et malheureusement écrite, et le sujet y est étranglé en un acte. Il est pris d'un canevas italien, en trois actes, dans lequel il se trouve dans tout son jour. Ainsi développé, c'est une farce, toujours farce, mais excellente dans ce genre. Elle exige un Arlequin très leste et bon sauteur. Je l'ai vu jouer autrefois à Thomassin, à Constantin et même à Carlin, quand il était léger. Il y a dans le canevas italien quelques bonnes plaisanteries qui ne sont point ici. »* M. Victor Fournel, *en présumant que la farce italienne pouvait bien avoir été une imitation développée de la farce française, se trouvait d'accord avec J.-B. Rousseau, qui écrivait à Brossette en mars* 1731 : *« Je ne doute point que vous ne soyez surtout bien en garde contre ce que les Italiens, toujours admirateurs d'eux-mêmes, nous racontent des courses que Molière a faites sur leurs terres. »*

J.-B. Rousseau cependant ne voulait pas que la farce du Médecin volant *fût de Molière :*

a.

« *Quant aux farces que Molière jouoit sur-le-champ, pendant qu'il couroit les provinces, dit-il dans une lettre du 17 septembre 1731, je marquois à M. Chauvelin qu'il étoit vrai qu'il m'en étoit tombé deux entre les mains, mais qu'il étoit aisé de voir qu'elles n'avoient jamais été écrites par Molière, mais par quelque grossier comédien de campagne, qui en avoit rempli le canevas à sa manière; que l'on sait assez que ces sortes de farces n'étoient que des improvisades à la manière des Italiens, qui ne pouvoient divertir que par le jeu du théâtre, qu'il n'étoit pas possible de représenter sur le papier, et qui ne pouvoient être ni bien écrites, ni même écrites de quelque manière que ce fût. M. Chauvelin ne se contenta pas de cette raison, et, sans s'arrêter à l'essentiel de ma lettre, qui apparemment ne le frappa pas beaucoup, il me pressa de nouveau de lui envoyer ces chefs-d'œuvre impertinents que je lui avois refusés. Je les lui envoyai donc, pour le convaincre de ma bonne foi, et il m'en parut effectivement convaincu par la troisième lettre qu'il m'écrivit.* » J.-B. Rousseau était assez mauvais écrivain en prose pour n'être pas capable de reconnaître quelques touches de Molière dans la farce du MÉDECIN VOLANT.

Une étude minutieuse de la farce de Molière prouverait que Boursault a copié ser-

vilement cette farce dans sa comédie, à moins
que l'une et l'autre n'aient été faites d'après le
même canevas italien, en admettant que ce canevas
ait existé. Il n'y a de changé que les noms et
la qualité des personnages : Gorgibus, père de
Lucile, est devenu Fernand, père de Lucresse ;
Sabine, cousine de Lucile, s'est changée en
Lise, servante de Lucresse. L'amant, Valère, se
nomme ici Cléon. Quant aux deux valets, Boursault a fait de Sganarelle, Crispin, et de Gros-
René, Philipin. Il y avait, dans la comédie de
Molière, un avocat, sans nom, qui venait s'informer des nouvelles de la santé de Lucile et
qui essayait de faire parler Sganarelle sur la
maladie de cette jeune fille. Sganarelle, déguisé
en médecin, se tenait coi jusqu'à la retraite de
l'avocat, qu'il traitait alors avec le plus profond dédain. Boursault a mis un vrai médecin
à la place de l'avocat, et ce médecin, nommé
Cantéas, n'est autre que le docteur champenois
Quantéal, auquel Boursault a dédié sa comédie.

Presque toutes les scènes de la comédie sont
calquées sur celles de la farce, mais Boursault
paraît s'être proposé de développer et d'épurer
le dialogue de cette farce, où l'improvisation
des acteurs devait souvent compléter le texte du
canevas; il n'en a pas moins conservé tous les
détails de la prose de Molière. Dans la comédie

comme dans la farce, Sganarelle et Crispin ne consentent à jouer le rôle de Crispin qu'en recevant dix pistoles de leur maître. Les deux pièces reproduisent presque identiquement la scène où le faux médecin demande de l'urine de la malade, et la boit pour se rendre compte de la maladie. C'est la même scène, en prose et en vers, avec la même grossièreté qui était alors dans les mœurs du théâtre, mais la scène est plus franchement comique dans Molière que dans Boursault. « Monsieur Gorgibus, dit Sganarelle, y auroit-il moyen de voir de l'urine de l'égrotante? — Sabine, dit Gorgibus, vite, allez querir de l'urine de ma fille. » Dans Boursault, Crispin dit à Lise : « De la fille égrotante apportez de l'urine. Allez vite en querir. » L'urine est apportée : « Voilà, dit Sganarelle, de l'urine qui marque grande chaleur, grande inflammation des intestins. » Et il en boit. « Voyez-vous comme elle est enflammée? » dit Crispin, et il la boit. Làdessus, il déclare que « le goût est solide et la vue est trompeuse ». Sganarelle avait dit, dans la farce : « Les médecins, d'ordinaire, se contentent de la regarder, mais, moi qui suis un médecin hors du commun, je l'avale, parce que avec le goût je discerne bien mieux la cause et les suites de la maladie. » Puis, il ajoutait : « Il y en avoit trop peu pour avoir un bon jugement.

Qu'on la fasse encore pisser! » Crispin dit de même : *« Mais qui boit pour si peu ne comprend jamais rien. Allez-en querir d'autre! »* La servante, comme la cousine, ne rapporte que peu de chose, que Crispin, comme Sganarelle, boit encore : *« J'ai eu bien de la peine, dit Sabine, à la faire pisser copieusement. — Voilà une pauvre pisseuse que votre fille! »* s'écrie Sganarelle, en s'adressant à Gorgibus. Lise dit de même : *« A pisser comme il faut ma maîtresse s'applique, Monsieur, et cependant je n'en ai qu'un filet. »* A quoi Crispin répond par cette exclamation méprisante : *« Pauvre pisseuse! »*

Boursault s'est approprié tous les traits comiques qui sont dans la farce de Molière, mais parfois en les déplaçant d'une manière moins heureuse. Ainsi, dès la première scène, où Sganarelle se trouve en présence de Gorgibus, qu'il étourdit d'abord par un galimatias saugrenu et ridicule, Molière lui fait tâter le pouls de Gorgibus : *« Eh! dit Sabine, ce n'est pas lui qui est malade, c'est sa fille! »* Et Sganarelle répond : *« Qu'importe? le sang du père et de la fille ne sont qu'une même chose, et par l'altération de celui du père je puis connaître la maladie de la fille. »* Cette simple réponse est très plaisante. Boursault, au contraire, a transporté le quiproquo du faux médecin, dans la scène où celui-ci interroge la fausse malade. Crispin prend le bras de Fernand, au lieu de prendre celui de Lucresse, et dit au père, qu'il affecte de ne pas voir : « Votre maladie est sans doute mortelle ! » Fernand, inquiet de cet horoscope médical, s'écrie tout ému : « Je suis donc bien malade ! » Ce qui est très humain et très comique. Crispin réplique : « Vous ? Pourquoi ? » comme s'il n'avait pas conscience de sa distraction ; mais l'explication qu'il donne de l'analogie naturelle qui existe entre le père et la fille est amphigourique et confuse, sans esprit et sans gaieté. La prose de Molière, même dans une farce de sa jeunesse, est très supérieure à la versification de Boursault.

Les scènes où Sganarelle se montre tour à tour en valet et en médecin sont beaucoup plus vives et plus amusantes dans la farce que dans la comédie, et surtout plus intelligibles pour le spectateur : on se rend mieux compte de l'entrain et de l'imprévu que ces scènes devaient avoir, lorsque Sganarelle paraît alternativement à la fenêtre et à la porte de la maison, en casaque de valet ou en soutane de médecin. Boursault a négligé ou n'a pas compris certains mots, certaines phrases, qui sentent leur Molière. Quand Sganarelle jette à terre sa robe de docteur et s'enfuit, Gros-René la ramasse en disant :

« *Je le tiens sous mon bras ! Voilà le coquin qui faisoit le médecin.* » *Dans la comédie de Boursault, Philipin dit en ramassant la soutane de Crispin :* « *Ah ! je tiens votre guêne, Doctissime !* » *C'est plat et prétentieux.*

Boursault était pourtant fort spirituel, mais il n'avait pas le vis comica *de Molière, ni le génie du théâtre.*

Maupoint, dans sa BIBLIOTHÈQUE DES THÉATRES (1733), *constate, d'après la tradition, que Boursault* « *vint en 1651 à Paris, où, dès l'âge de quinze ans, il fit représenter ses premières comédies* ». *En* 1651, *Boursault, né au mois d'octobre* 1638, *n'avoit pas plus de quatorze ans : ce serait donc en* 1652 *qu'il aurait fait jouer ses premières pièces, probablement à l'Hôtel de Bourgogne. Les frères Parfaict, qui ne savaient pas que* LE MÉDECIN VOLANT *n'était que la farce de Molière mise en vers par Boursault, disent que cette comédie fut représentée à l'Hôtel de Bourgogne en* 1661 ; *la date est probablement fausse, puisque Boursault avait quinze ans quand il fit représenter ses premières pièces, et que le* MÉDECIN VOLANT *paraît être la première qu'il ait fait jouer. En tout cas, elle ne fut imprimée qu'en* 1665, *et publiée par Nicolas Pepingué. Cette édition est tellement rare que les bibliographes doutaient de son existence ; mais M. Victor Fournel l'a citée, en par-*

lant de l'Avis au lecteur *qui la précède, et que nous ne connaissons pas. M. de Solenine avait cru que la première édition était celle de* Lyon, Charles Mathevet, 1666, *in-*12.

Molière n'avait pas fait imprimer sa farce du MÉDECIN VOLANT, *qu'il avait jouée avec succès en province et sans doute à* Lyon *: il se proposait probablement de la retoucher et d'en faire une comédie pour son théâtre du Palais-Royal. Il fut donc très irrité, en apprenant que Boursault s'était permis de mettre en vers cette farce et de la donner à l'Hôtel de Bourgogne. Voilà pourquoi Molière dut renoncer à tirer une bonne comédie de cette farce, composée dans sa jeunesse ; ce qu'il avait déjà fait pour les* PRÉCIEUSES RIDICULES, *qui sont incontestablement sorties d'une de ses farces, intitulée : les* PRÉCIEUSES; *ce qu'il fit depuis pour le* MÉDECIN MALGRÉ LUI, *qui était en germe dans sa farce du* FAGOTEUX. *Molière se vengea donc de Boursault lorsqu'il le traduisit en ridicule sur la scène, dans la* CRITIQUE DE L'ÉCOLE DES FEMMES, *avec le nom de M. Lysidas. Il est presque certain que ce nom de M. Lysidas, poète, faisait allusion à une pièce de vers que Boursault avait fait insérer dans quelque recueil de poésies galantes, car il n'était que trop enclin à la galanterie, comme le prouve sa fameuse pastorale des* YEUX

DE PHILIS CHANGÉS EN ASTRES. *Ce titre-là, tout étrange qu'il fût, ne pouvait convenir qu'à une bergère poétique, telle que celle du poème de l'abbé de Sérisy, que Boursault avait osé mettre en pièce de théâtre.*

Il y a encore beaucoup à chercher et à trouver, pour préciser les rapports littéraires qui ont pu exister entre Molière et Boursault antérieurement à la représentation du MÉDECIN VOLANT *de ce dernier, lequel était en relation de correspondance avec Mlle Françoise Pascal, dont les comédies en vers furent représentées à Lyon, pendant que Molière s'y trouvait établi avec sa troupe. On remarquera aussi que Boursault faisait imprimer, en 1662, sa petite comédie du* MORT VIVANT *et la dédiait au duc de Guise, qui avait été un des premiers protecteurs de Molière à l'époque où les Béjart créaient à Paris l'Illustre Théâtre.*

P.-L. JACOB, bibliophile.

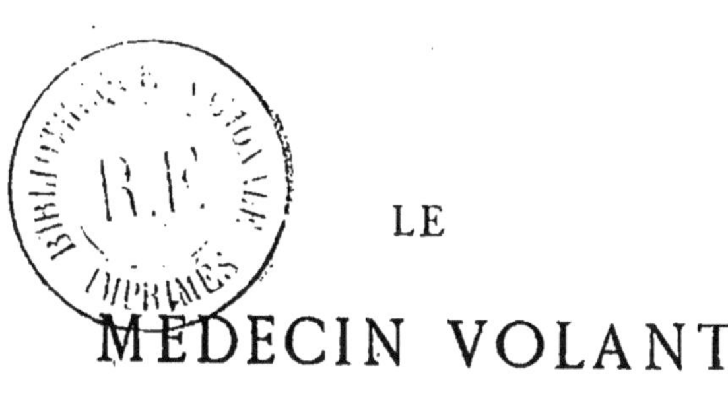

LE
MÉDECIN VOLANT

COMÉDIE

A MONSIEUR C**

MÉDECIN DE MON PAÏS

MONSIEUR,

*S*OIT *par coustume ou soit par generosité, je n'ay jusqu'icy dedié aucune piece que l'on ne m'ait fait quelque present, et, à dire vray, l'on m'attraperoit bien, si on venoit à perdre une si bonne habitude. Cependant je vous dédie le* MÉDECIN VOLANT, *qui assurément n'est pas le moindre de mes ouvrages, à condition seulement que si jamais je vais au païs, et que je sois assez heureux pour y devenir malade, vous aurez assez de bonté pour moy pour ne pas me faire languir longtemps. Remarquez, s'il vous plaist, Monsieur, que je ne veux pas dire que vous aurez*

la bonté de m'expedier le plustost qu'il vous sera
possible, et souffrez que je vous avertisse, de peur
d'équivoque, que je n'estime la médecine qu'én ce
qu'elle peut estre utile à la conservation ou au recou-
vrement de ma santé, parceque je mourray bien sans
le secours de personne, et particulierement de vostre
Faculté, pour qui j'ay trop de veneration pour ne pas
luy en epargner la peine. Il meurt plus de monde en
ces quartiers par la faute des médecins que vous n'en
ressuscitez par vostre capacité; et Paris est si mise-
rable pour les malades que l'on prend plus de soin
pour les faire mourir que vous n'en prendriez pour
les faire vivre. Je vous proteste que si l'on m'appeloit
à la Police, j'y donnerois si bon ordre qu'il ne seroit
plus permis d'assassiner impunement un homme; et
ces Messieurs, qui ne sont médecins que par la soutane, seroient obligés, durant quelques années que
je limiterois, de faire l'épreuve de leur science sur
les animaux qui ne sont plus propres au travail.
Si cela estoit, les habiles comme vous n'en seroient
pas plus mal, et les malades en seroient beaucoup
mieux; vous en auriez plus de pratiques, et ceux qui
meurent avec tant de precipitation entre les mains de
ces ignorans ne mourroient peut-estre pas si viste entre
les autres. Enfin, Monsieur, j'ay tant d'estime pour
vostre personne et tant d'inclination pour le païs que,
si jamais il me prend envie de sortir du monde,
j'ayme mieux mourir de vostre main que de pas une

*autre, quand ce ne seroit qu'à cause qu'il y a de mes
parens qui en sont dejà morts, et que, par consequent,
je suis obligé d'estre,*

Monsieur,

Vostre très humble et très affectionné serviteur,

BOURSAULT.

PERSONNAGES

CLÉON, amant de Lucresse.
LISE, servante de Lucresse.
LUCRESSE, maistresse de Cléon.
✝ CRISPIN, valet de Cléon, médecin volant.
FERNAND, pere de Lucresse.
PHILIPIN, valet de Fernand.
CANTÉAS, habile médecin.

La scene est devant la maison de Fernand.

LE

MÉDECIN VOLANT

SCENE PREMIERE.

LISE, CLÉON.

LISE.

N'insultez point, de grâce, au malheur de Lucresse.
Je sçay qu'elle a pour vous une forte tendresse ;
Mais enfin de son pere elle craint le pouvoir,
Et ne peut se résoudre au plaisir de vous voir.
Une fille bien née a tousjours de la crainte...

CLÉON.

Que veux-tu ? La douleur dont mon âme est atteinte
Rend ma plainte équitable, et me fait murmurer

Contre un objet charmant, que je dois adorer.
Mais, Lise, à sa fenestre une prompte escalade
Peut m'ouvrir une voye...

LISE.

Elle fait la malade,
Monsieur, et le vieux reistre est party du matin,
Pour chercher par la ville un expert médecin.
Sans rien escalader, pour voir une maistresse,
Un amant dans sa manche a tousjours quelque adresse.
Mettez tout en usage, et puissance, et sçavoir ;
Sans choquer son honneur, essayez de la voir.
Il n'est pas de moyens que l'amour n'autorise.
Surtout... Mais du vieillard je crains une surprise :
Adieu, pensez à vous, et vous ressouvenez
Qu'il n'est rien d'impossible aux cœurs passionnés.

SCENE II

CLÉON, *seul.*

Aux cœurs passionnés il n'est rien d'impossible,
Je l'avoue ; et je trouve un moyen infaillible
De donner à mon âme un moment de repos :
Il faut... Mais, ô Crispin, que tu viens à propos !

SCENE III

CRISPIN, CLÉON.

CRISPIN.

Je vous cherche partout pour vous rendre réponse,
Monsieur.

CLÉON.

Si tu sçavois ce que Lise m'annonce,
Cher Crispin !

CRISPIN.

Il m'a dit que tantost, sur le soir...

CLÉON.

Quand on a de l'amour, et qu'on a de l'espoir...

CRISPIN.

Je vous dis et redis qu'il m'a dit de vous dire...

CLÉON.

Pour des charmes si doux lorsqu'une âme soupire.

CRISPIN.

Vous plaist-il que je parle, ô babillard maudit,

Ou ne dirai-je mot?

CLÉON.

Tu m'en as assez dit.
Le temps m'est précieux, et ma flamme me presse.
Raisonnons entre nous : je me meurs pour Lucresse

CRISPIN.

Mourez-vous?

CLÉON.

Son visage a des attraits puissans.
Elle asservit mon âme, elle charme mes sens;
En un mot, je l'adore, et son pere me l'oste,
Tu le vois.

CRISPIN.

Il est vray, mais ce n'est pas ma faute.

CLÉON.

D'accord; de mon malheur je ne puis t'accuser;
Mais tu connois son pere... Il le faut abuser.
Qu'en dis-tu?

CRISPIN.

Moi, Monsieur? Abusez, que m'importe!

CLÉON.

Il la tient enfermée, et je veux qu'elle sorte :

Mon cœur, pour cet effort, ne s'adresse qu'à toy,
Car enfin...

CRISPIN.

A présent, il m'importe, ma foy !
A moy, Monsieur ?

CLÉON.

A toy. Rends mon âme charmée !

CRISPIN.

Ne me dites-vous pas qu'il la tient enfermée ?

CLÉON.

Ouy.

CRISPIN.

Je n'y puis que faire. En quel lieu du logis ?

CLÉON.

C'est dessus le derriere.

CRISPIN.

Ouy ?

CLÉON.

Ouy.

CRISPIN.

Ouy ?

CLÉON.

Ouy.

CRISPIN.

Tant pis.

CLÉON.

Je t'ay dit ma pensée; instruis-moy de la tienne.

CRISPIN.

Elle est enfermée?

CLÉON.

Ouy.

CRISPIN.

Que la belle s'y tienne,
Voilà ce que je pense.

CLÉON.

Ah! c'est trop s'amuser.
Écoute : sans scrupule, il te faut déguiser.

CRISPIN.

Me déguiser, Monsieur! et pourquoy?

CLÉON.

C'est pour cause.
Je veux bien, en ce lieu, t'informer de la chose :
Pour faire pleinement réussir mon dessein,
Il faut estre aujourd'huy médecin.

Crispin,

Médecin?

Bons dieux!

Cléon.

Sans perdre icy d'inutiles paroles,
Ce service rendu te vaudra six pistoles.
Si le gain t'encourage, avise, les voilà!
Examine...

Crispin.

Mon Dieu! ce n'est pas pour cela.
Médecin!

Cléon.

Médecin; je n'ay point d'autre ruse.

Crispin.

Mais il faut de l'esprit, et je suis une buse;
Et, de plus...

Cléon.

C'est à tort que tu prens de l'effroy :
Le pere de Lucresse a moins d'esprit que toy.
Ce vieillard chassieux connoist peu ton visage.
Et tu sçais... Il avance, il me voit, j'en enrage;
Je le vais aborder... Va m'attendre chez moy,
J'auray soin de m'y rendre aussi viste que toy.

CRISPIN.

Mais, à moins de m'instruire, apprenez...

CLÉON.

Va, te dis-je,

Je te suis.

(*Il sort.*)

SCENE IV

CLÉON, FERNAND, PHILIPIN.

CLÉON.

La douleur de Lucresse m'afflige.
Monsieur, quoique mes soins luy soient indifferens,
Je viens vous informer de la part que j'y prens :
Heureux, quoique tousjours sa beauté me captive,
Si pour d'autres que moy j'apperçois qu'elle vive,
Et tousjours trop heureux, si les vœux que je fais
D'un secours necessaire avancent les effets.
Adieu.

SCENE V

FERNAND, PHILIPIN.

FERNAND.

Ma pauvre fille! Elle va rendre l'âme,
Philipin!

PHILIPIN.

C'est à vous que j'en donne le blâme.
A la pourvoir d'un homme on a trop retardé.
Un pucelage nuit, quand il est trop gardé.
C'est cela qui l'estouffe, et ces sortes de choses...

FERNAND.

Point, point. Sa maladie a de plus justes causes.
Mais retourne au plus viste, et va voir, Philipin,
Si l'on attend bientost ce sçavant médecin.
J'apprehende si fort que Lucresse ne meure...

PHILIPIN.

S'il estoit de retour, il viendroit tout à l'heure.
On l'a dit.

FERNAND.

Il est vray, mais apprens mon soucy :

D'autres peuvent l'attendre et l'emmener aussy,
Et pour lors tout mon cœur, accablé de tristesse,
Si Lucresse enduroit...

PHILIPIN.

Peste soit de Lucresse !
Elle a le choix de vivre ou du moins de mourir.
Quel plaisir elle prend à me faire courir !

FERNAND.

Surtout ne reviens point que tu ne me l'amenes,
Je t'en prie.

SCENE VI

FERNAND, *seul.*

En mon âge, ô bons dieux ! que de peines !
Et que dans mes vieux ans...

SCENE VII

CRISPIN, FERNAND.

CRISPIN, *en soutane.*

Pythagore, Platon,

Masche-à-vuide, Pancrace, Hésiode, Caton...

FERNAND, *bas.*

Quel seroit ce docteur? Écoutons,

CRISPIN.

Caligule,
Polyeucte, Virgile, Anaxandre, Luculle...

FERNAND, *bas.*

O dieux!

CRISPIN.

Robert Vinot, Scipion l'Africain,
Jodelet, Mascarille, Aristote, Lucain,
Médecins de César, assassins d'Alexandre,
Vous voyez un phénix qu'a produit vostre cendre!

FERNAND, *bas.*

Seroit-ce un médecin? Il en parle.

CRISPIN.

Approchez,
Venez voir, grands docteurs, les mysteres cachez
De l'Encyclopédie et de la médecine.

FERNAND.

C'en est un.

CRISPIN.

Venez voir ce que c'est que racine,
De la mer Arabique et le flux et reflux.

FERNAND, *à Crispin*.

Monsieur ?

CRISPIN.

Que voulez-vous ? *Ego sum medicus.*
Médecin passé maistre, apprenty d'Hippocrate,
Je compose le baume et le grand mitridate ;
Je sçais, par le moyen du plus noble des arts,
Que qui meurt en fevrier n'est plus malade en mars ;
Que de quatre saisons une année est pourveue,
Et que le mal des yeux est contraire à la veue.

FERNAND.

Je ne sçaurois douter d'un si rare sçavoir...
Si j'osois vous prier...

CRISPIN.

De quoy ? Parlez.

FERNAND.

De voir
Une fille que j'ay, que chacun désespere...

CRISPIN.

Vous avez une fille? Et vous estes son pere,
A ce compte?

FERNAND.

Oui, Monsieur, et j'ay peur de sa mort.

CRISPIN.

Elle est donc fort malade?

FERNAND.

Ouy, Monsieur.

CRISPIN.

                              Elle a tort;
Je luy veux conseiller qu'elle cesse de l'estre.
Qui domine sur nous s'en veut rendre le maistre ;
Or, le mal dominant par d'occultes ressorts,
Il corrompt la matière, il ravage le corps ;
L'individu qui souffre, au moment qu'il s'épure,
D'un peu d'apothéose entretient sa nature ;
La vapeur de la terre, opposée à ce mal,
Dans l'humaine vessie establit un canal ;
Le Cancer froidureux rend l'humeur taciturne,
Le vaillant Zodiaque envisage Saturne ;
Et s'il faut qu'avec eux j'en demeure d'accord,
Rien n'abrege la vie à l'égal de la mort!

Ce sont de ces auteurs les leçons que j'emprunte.
Vostre fille, à propos, seroit-elle défunte?

FERNAND.

Non, Monsieur.

CRISPIN.

Mange-t-elle?

FERNAND.

Un petit, grâce aux dieux !

CRISPIN.

Elle n'est donc pas morte?

FERNAND.

Elle? Nenny.

CRISPIN.

Tant mieux.
Je m'en rejouys fort.

FERNAND.

Et de quoy? Cette vie,
Avant la fin du jour, luy peut estre ravie.

CRISPIN.

Tant pis! L'a-t-on fait voir à quelque médecin?

FERNAND.

Nullement.

CRISPIN.

Elle a donc quelque mauvais dessein,
Puisqu'elle veut mourir sans aucune ordonnance.
De ces sortes de maux nostre École s'offense.
Quand un homme se trouve en estat de périr,
Tousjours un médecin doit l'aider à mourir;
Et c'est faire éclater des malices énormes,
Que vouloir refuser de mourir dans les formes.
Instruisez vostre fille, et luy dites, du moins,
Pour mourir comme il faut, qu'elle attende mes soins.
Son âme à desloger est trop impatiente,
Monsieur.

FERNAND.

Permettez-moy d'appeler sa suivante.

CRISPIN.

Appelez... Je le tiens! ô le franc animal!

FERNAND.

Holà, Lise!

SCENE VIII

LISE, FERNAND, CRISPIN.

LISE.

Ah ! Monsieur, votre fille est fort mal !

FERNAND.

Que fait-elle ? Je tremble.

LISE.

Elle se plaint du ventre ;
Elle sort de son lict, puis après elle y rentre,
Se promene, se sied, veut dormir, veut veiller.
Malgré moy, de ce pas, je la viens d'habiller...

FERNAND.

D'habiller !

LISE.

D'habiller ; sa boutade m'estonne.

(Apercevant Crispin.)

Je crois... Mais ce gredin vous demande l'aumosne,
Monsieur ?

FERNAND.

Ah! juste Ciel, quel blaspheme tu fais !
C'est l'exemple parfait des médecins parfaits.
Que j'ay bien du sujet de louer sa rencontre !

LISE.

Médecin ?

CRISPIN.

Médecin. Ma soutane le montre.
Mais, sans perdre ma peine à prouver qui je suis,
Par ma seule doctrine aisément je le puis.
De la fille égrotante apportez de l'urine.
Apportez !

FERNAND, *à Lise.*

Allez viste en quérir.

(*Lise sort.*)

CRISPIN.

J'examine
Ce que cette malade à peu près peut avoir ;
Mais je vois de l'urine, et je vais le sçavoir.

SCENE IX

CRISPIN, FERNAND, LISE.

CRISPIN.

Approchez.

FERNAND.

De frayeur j'ay mon ame allarmée.

LISE, *avec de l'urine.*

En voilà.

CRISPIN.

Voyez-vous comme **elle** est enflammée ?
Mauvais signe !

FERNAND.

O bons dieux ! il en boit.

CRISPIN, *après avoir tout bu.*

Je croy bien.
Mais qui boit pour si peu ne comprend jamais rien.
Allez-en querir d'autre.

FERNAND, *à Lise.*

Allez viste !

(*Lise sort.*)

CRISPIN.

Mon prince!

Assez d'autres docteurs, d'une estoffe assez mince,
Se seroient contentés du rapport de leurs yeux,
Mais à croire sa langue on en juge bien mieux.
Boisrobert nous enseigne, en sa *Belle Plaideuse*,
Que le goust est solide et la veüe est trompeuse,
Et qu'un grand medecin, quand il fait ce qu'il doit,
Il sent mieux une chose à la langue qu'au doigt.

FERNAND.

A ces fortes raisons je n'ay point de replique.

SCENE X

LISE, CRISPIN, FERNAND.

LISE, *avec encore un peu d'urine.*

A pisser comme il faut ma maistresse s'applique,
Monsieur, et cependant je n'en ay qu'un filet.
Voyez!

CRISPIN.

Pauvre pisseuse!

(*Apiès avoir encore bû, il dit :*)

Allons au robinet

En tirer.

LISE.

Mais, Monsieur...

CRISPIN.

　　　　Mais que cette pisseuse
Fasse une ample pissade et qui soit copieuse,
Copieuse !

LISE.

　　Ma foy ! ma maistresse ne peut.
On n'a pas le pouvoir de pisser quand on veut.
C'est donner à Lucresse une peine trop grande,
Que vouloir...

FERNAND, *à Lise.*

　　Dites-luy que Monsieur le commande.
Courez viste !

LISE.

　　Monsieur, vostre fille n'a pû.
Mais enfin, pour vous plaire, à l'instant elle a bû.
Si Monsieur veut attendre à luy rendre service,
Au plus tard, dans une heure, il faudra qu'elle pisse.

CRISPIN.

Elle a raison.

LISE.

De plus, pour chasser son soucy,
Elle s'est resolue à venir jusqu'icy.
Elle vient.

SCENE XI

LUCRESSE, FERNAND, CRISPIN, LISE.

LUCRESSE.

Ah! mon pere!

FERNAND.

Ah! ma fille!

LISE.

Courage!

LUCRESSE.

Je me meurs.

CRISPIN.

Je luy trouve un passable visage.
Serviteur! Si pour vous nos remedes sont vains,

3

Vous aurez le plaisir de mourir par mes mains;
Consolez-vous.

LUCRESSE.

Helas !

CRISPIN.

Vostre bras, que je taste
Si pour vous il est vray que la mort ait si haste;
Donnez, dis-je !

(*Au lieu de prendre le bras de Lucresse,
il prend celuy de son pere et dit :*)

Tudieu ! comme il bat vostre poux !
J'auray bien de la peine à respondre de vous,
Et vostre maladie est sans doute mortelle;
Prenez-y garde.

FERNAND.

O Dieu ! quelle triste nouvelle !
Je suis donc bien malade, ô Monsieur?

CRISPIN.

Vous, pourquoy?

FERNAND.

Vous n'avez pris le bras à personne qu'à moy.

CRISPIN.

Et cela vous estonne ? Une tendresse extresme

Rend la fille, le pere, et le pere, elle-mesme :
Entre eux deux la nature est propice à tel point,
Que le sort les separe, et le sang les rejoint ;
Estant vray que l'enfant est l'ouvrage du pere,
Sa douleur sur luy-mesme aisement reverbere ;
Et le sang l'un de l'autre est si fort dependant,
Que l'enfant met le pere en un trouble évident.

FERNAND.

Il est vray.

CRISPIN.

Cependant, quoy que mon sçavoir brille,
Je veux bien me resoudre à taster votre fille.
Votre bras ?

LUCRESSE.

Le voilà.

CRISPIN.

Je m'en estois douté :
Il ne vous manque rien que beaucoup de santé ;
Sans cela...

LUCRESSE.

J'ay la mort sur le bord de la levre,
Monsieur.

CRISPIN.

Que je retaste ! Avez-vous de la fievre ?

LUCRESSE.

Je ne sçay.

CRISPIN.

Non ?

LUCRESSE.

Non.

CRISPIN.

Fy !

FERNAND.

De quoy ?

CRISPIN.

Mauvais régal :
Par fois, sans qu'on le sçache, on se porte fort mal,
Voyez-vous.

FERNAND.

De ses maux que je sçache la cause.

CRISPIN.

C'est la fievre ; ce l'est, si ce n'est autre chose.
Mais, soit fievre, ou migraine, ou cangrene, ou mal chaud,
Allez, pour la guérir je sçay bien ce qu'il faut.

FERNAND, *à Lise.*

Une plume, de l'encre.

CRISPIN.

Et pourquoy ?

FERNAND.

L'ordonnance,

Monsieur...

-CRISPIN.

Vous vous moquez. Je les fais par avance !
Je me tiens toujours prest contre tous accidens :
En voilà pour les yeux, pour le <u>flux</u>, pour les dents.
Mais, ignorant son mal, il luy faut, ce me semble,
Une ordonnance propre à tous les maux ensemble ;
Il faudra que le sien se rencontre parmy.

(*Il donne une ordonnance.*)

FERNAND.

Charitable Monsieur, c'est agir en amy,
Cela !... Quel honneste homme !

CRISPIN.

En quel lieu couche-t-elle ?

FERNAND.

Elle a, sur le derriere, une chambre assez belle.

3.

LISE.

Ouy, vrayment, une chambre assez belle, en effet!
Si sombre !

CRISPIN.

Croyez-moy, le devant est son fait :
Qu'on l'y mène! Aussi bien, la journée est malsaine.

SCENE XII

PHILIPIN, FERNAND, CANTÉAS, CRISPIN.

FERNAND, *voyant venir Philipin*.

Philipin, aide à Lise...

PHILIPIN.

A la fin, je l'amene :
Le voicy.

*(Après que Philipin a dit cela, il aide
à remener Lucresse.)*

CRISPIN.

Qui donc? Qu'est-ce?

FERNAND.

Un savant médecin.

CRISPIN, *bas.*

Médecin? male-peste!

CANTÉAS.

Excusez : ce matin,
L'intendant d'un seigneur m'a contraint de me rendre,
Monsieur...

FERNAND.

Mon bon Monsieur, je n'ai pu tant attendre :
Au retour de chez vous, pour causer mon repos,
Ce fameux médecin s'est offert à propos,
Je l'ay pris.

CANTÉAS.

Monsieur?

FERNAND.

Ouy, mais qu'il a de mérite!
Si vous sçaviez...

CANTÉAS.

> Je loue, et je plains ma visite :
> Je me tiens malheureux d'avoir pu me ravir
> Au plaisir que j'aurois de pouvoir vous servir,
> Et de voir la fortune, à mes vœux trop cruelle,
> M'arracher au bonheur de vous prouver mon zele ;
> Mais, à voir qui pour vous a daigné s'occuper,
> Je me tiens trop heureux qu'il ait pu m'eschapper.
> Le plaisir que je gouste est meslé dans le vostre ;
> Si je perds d'un costé, je recouvre de l'autre,
> Puis qu'enfin de Monsieur le sublime entretien,
> D'estre, un jour, tout à vous, m'offrira le moyen.

(Apercevant qu'il est au milieu, il dit à Crispin :)

Mais, Monsieur, pardonnez, ce n'est point par audace ;
Je n'ay garde, avec vous, d'occuper cette place :
C'est à vous qu'elle est due.

CRISPIN.

Ah !

CANTÉAS.

Monsieur ..

CRISPIN.

Palsambleu,

Ah !

CANTÉAS.

Sans cérémonie on vous doit le milieu.

(Crispin par deux, fois étant au milieu, comme
Cantéas veut parler, il s'écoule par derriere lui,
et reprend sa premiere place.)

Eh! de grâce!... Hippocrate... Hé, Monsieur, je vous jure
Qu'au lieu de m'obliger, c'est me faire une injure;
Je vous prie... Hippocrate... A quoy bon tout cela?
Conservez, votre place, hé, Monsieur, la voilà!
Empeschez, à vos yeux, que ma honte n'éclate.
Je reprends ma parole, et je dis qu'Hippocrate,
Qui de la médecine est l'illustre ornement,
De cet art salutaire a parlé doctement :
« Médecine est, dit-il, une longue science,
Tout à fait dangereuse en son expérience :
Car, touchant nostre vie, elle passe si tost,
Qu'on n'a pas le loisir d'en juger comme il faut.
« *Vita brevis, ars vero longa, occasio autem præceps,*
Experimentum periculosum, judicium difficile. »
Je me plais à l'étude, et j'ay l'âme assidue
A vouloir de cet art penetrer l'étendue.
Mais dedans cet abisme un esprit se confond :
Plus on l'approfondit, plus il semble profond.
Cette utile science en enferme tant d'autres,
Qu'il faudroit que mes yeux égalassent les vostres,

Ou que de leurs rayons vous pussiez m'éclairer,
Pour m'offrir un moyen de ne pas m'égarer.

CRISPIN.

Ho, ho, ho!

CANTÉAS.

De plaisir on a l'âme ravie,
Alors que d'un malade on prolonge la vie;
Et d'un grand médecin rien n'égale le sort,
Quand sa seule presence intimide la mort,
Quand il est l'ennemy que la Parque redoute,
Quand sa haute science en détourne la route,
Et qu'enfin le trespas, qui nous fait tous trembler,
Pour ne pas le combattre aime mieux reculer.
Mortem medicamentis removet medicus expers.
Je ne puis approuver l'importune méthode...
Mais peut-estre, Monsieur, je vous suis incommode,
Car enfin comme vous les esprits élevés,
Aux emplois importans sont toujours réservés.

CRISPIN.

Ho, ho, ho!

CANTÉAS.

Je sors donc; mais j'ose me promettre
Qu'estant moins occupé, vous pourrez me permettre
De chercher un prétexte à me faire jouir
Du plaisir qu'on reçoit, quand on peut vous ouïr.

SCENE XIII

FERNAND, CRISPIN.

FERNAND.

Hé bien, ce médecin, vous voyez comme il cause !
Qu'en dites-vous ?

CRISPIN.

Il sçait quelque petite chose.

FERNAND.

Daignez-moy, je vous prie, informer de cela :
Touchant la médecine est-il expert ?

CRISPIN.

Là, là,
Passable.

FERNAND.

Il n'a donc pas la science parfaite ?
Pour qui passeroit-il près de vous ?

CRISPIN.

Pour mazette.

FERNAND.

Mais, durant qu'il parloit, vous ne disiez mot?

CRISPIN.

Moy,

Dites-vous ?

FERNAND.

Ouy, vraiment, je dis : vous.

CRISPIN.

Je le croy.

Pour pouvoir de cet homme esprouver la science,
J'ay voulu me resoudre à garder le silence ;
Mais enfin, si le drosle eust voulu s'arrester,
Allez, vous m'auriez veu diablement caqueter.
A dessein d'empescher qu'un malade ne meure,
J'allois débagouler du latin tout à l'heure ;
Voir quel temps il fera dans un vieil almanach ;
Réciter tout par cœur les Quatrains de Pibrac,
Et, pour mieux vous monstrer qu'il est vray que j'excelle,
Je sçay qu'un lavement fait aller à la selle ;
J'ay cent fois en ma vie acheté du séné,
Et je dis que le diable est un diable damné ;
Je soutiens que le corps est le frere de l'âme,
Que Séneque et Pauline étoient l'homme et la femme.

Que Narcisse en personne autrefois se noya,
Et semper quoniam tuos, alleluia.

FERNAND.

Je ne puis rien comprendre à ces phrases d'élite.

CRISPIN.

Je m'en aperçois bien ; mais adieu, je vous quitte.
Je verray vostre fille ou ce soir ou demain.

FERNAND *luy veut bailler de l'argent.*
Monsieur...

CRISPIN.

Ah !

FERNAND.

Recevez ces louis de ma main.

CRISPIN.

Je n'ay garde.

FERNAND.

Prenez ; je vous dois récompense,
Monsieur.

CRISPIN.

Je ne suis pas un marchand de science.

FERNAND.

Hé, de grâce...

4

Crispin.

Non, non ; je vous suis serviteur.

(*Il s'en va.*)

SCENE XIV

FERNAND, *seul.*

Que cet homme est habile, et qu'il est grand docteur !
Ne point prendre d'argent pour des chose si bonnes !
Il ne ressemble pas ces tueurs de personnes,
Ces meschans médecins, qui, par un triste sort,
En curant notre bourse, enrichissent la mort.
Voyons ce qu'au logis sa science fait naistre,
Et sçachons...

SCENE XV

FERNAND, CRISPIN.

Crispin, *en habit de valet.*
Au plus viste attrapons nostre maistre.
Réjouissance... O dieux ! c'est Fernand, que je crois !
C'est luy-mesme !

FERNAND.

Est-ce pas mon docteur que je vois?
C'est luy-mésme, c'est luy... Vostre mine est pleureuse?
Qu'estes-vous?

CRISPIN, *pleurant.*

Moy, Monsieur? Un pauvre homme qui gueuse.

FERNAND.

Quoi! tu gueuses?

CRISPIN.

Monsieur, mes malheurs sont si grands...

FERNAND.

Mais dedans cette ville as-tu point de parens?

CRISPIN.

Ah! Monsieur, des parens on n'a guere de grâce :
Je suis frere à mon frere, et c'est luy qui me chasse.

FERNAND.

Il faut donc que sans doute il en ait du sujet.
Qu'as-tu fait?

CRISPIN.

Répandu la moitié d'un julet.

FERNAND.

Il est donc médecin?

CRISPIN.

Ouy, Monsieur.

FERNAND.

Il me semble
Que ce frere en colere à peu près te ressemble ?

CRISPIN.

Ouy, Monsieur.

FERNAND.

Penses-tu qu'on le puisse apaiser ?

CRISPIN.

Non, Monsieur.

FERNAND.

Si tu veux, je luy vais proposer ?

CRISPIN.

Il ne souffrira pas que jamais je le voye,
Monsieur.

FERNAND.

Si je m'en mesle, il aura de la joye.
Je le viens de quitter, il est fort mon amy.

CRISPIN.

S'il est vray, je ne sens ma douleur qu'à demy,

Car, Monsieur, je vois bien que vous estes brave homme.
Vous aurez de la peine à souffrir qu'il m'assomme...

FERNAND.

Attends-moy ! De ce pas, je m'en vais le chercher.

CRISPIN.

Moy, Monsieur ? Point du tout. Je m'en vais me cacher.

FERNAND.

Mais il faut te monstrer ?

CRISPIN.

      Ah ! Monsieur, je ne l'ose,
Sans sçavoir si vos soins auront fait quelque chose.
Je m'en vais, s'il vous plaist, vous attendre à l'écart.

SCENE XVI

FERNAND, *seul.*

Ce garçon malheureux est venu sur le tard :
Deux minutes plus tost, je l'accordois sur l'heure.
Foin de moy ! je ne sçais où son frere demeure ;
Mais tousjours je l'attends, sur le soir...

SCENE XVII

FERNAND, CRISPIN.

Crispin, *en soutane.*

Ah! maraut!
Je vous jure...

Fernand.

Ah! Monsieur, vous venez comme il faut:
Vous pouvez, en ce lieu, m'accorder une grâce.

Crispin.

Moy, Monsieur! Il n'est rien que pour vous je ne fasse.
Commandez!

Fernand.

Vostre frere, il a tant de douleur,
Que j'ay droict d'esperer...

Crispin.

C'est un coquin, Monsieur.

Fernand.

Il a tort, il l'avoue; il se nomme coupable;
Mais, Monsieur, une faute est assez pardonnable.

Desormais, il en jure, il veut estre meilleur,
Vous aimer, vous servir...

CRISPIN.

C'est un fripon, Monsieur.

FERNAND.

Ne vous puis-je resoudre à la misericorde ?

CRISPIN.

C'est un pendard, Monsieur, qui merite la corde.

FERNAND.

C'est manquer de parole aux plus rares amis.
S'il vous en ressouvient, vous m'avez tout promis,
Monsieur... Ce n'estoit donc qu'une pure grimace ?

CRISPIN.

Il est vray, ma parole, en effet, m'embarrasse.
C'en est fait, je pardonne à ce traistre : il vous plaist.

FERNAND.

Il ne tiendra qu'à vous de le voir comme il est.

CRISPIN.

Moy, Monsieur, moy, le voir, en présence du monde !
Quand je vois ce coquin, mon courroux se debonde.
Je ne puis...

FERNAND.

Hé! Monsieur, il ne faut qu'un instant...

CRISPIN.

Je ne le puis, vous dis-je : un malade m'attend.
Mais, touchant ce maraut, je consens qu'il revienne.
Serviteur!

SCENE XVIII

FERNAND, *seul.*

Quelque effet qui jamais en avienne
A ce pauvre garçon, qui frissonne d'effroy,
Je veux faire accorder le pardon devant moy.
Que son frere est honneste! Il s'en vient de l'absoudre,
Et j'ose...

SCENE XIX

CRISPIN, FERNAND.

CRISPIN, *en pleurant, et en habit de valet.*

Hé bien, Monsieur, a-t-il pu s'y résoudre ?
Dois-je devant ses yeux ne paroistre jamais ?
Dois-je ?...

FERNAND.

Ne pleure point, j'ay sceu faire ta paix.

CRISPIN.

Vous croiray-je, Monsieur ? N'est-ce point moquerie ?

FERNAND.

Quoy ! tu peux...

CRISPIN.

Ah ! Monsieur, je connois sa furie :
Il a bien de la peine à pouvoir pardonner.

FERNAND.

Aussi, ne veux-je pas te laisser retourner ;
Je veux qu'il te pardonne en ma propre presence.

CRISPIN.

Du pardon de ma faute avez-vous l'asseurance,
Monsieur?

FERNAND.

Ouy.

CRISPIN.

C'est assez que mon frere ait parlé :
De vos soins obligeans je serois querellé,
Monsieur; vostre bonté pourroit mal me remettre...

FERNAND.

Mais il peut oublier ce qu'il vient de promettre;
Puis, après...

CRISPIN.

Point, Monsieur, je le vois fort exact :
Quand on a sa parole, elle vaut un contrat.
Desormais, de sa part, je ne crains nul outrage,
Monsieur.

FERNAND.

J'ay résolu d'achever.

CRISPIN, *bas.*

J'en enrage.

FERNAND.

Entre sur ce derriere.

CRISPIN.

Hé! Monsieur, où le voir
A cette heure?

FERNAND.

En tout cas, il viendra sur le soir.
Entre, dis-je!

(*Il entre, et Fernand ferme la porte à clef.*)

SCENE XX

FERNAND, *seul.*

En cecy ma charité se montre...
Mais de nostre docteur recherchons la rencontre :
Il faut battre le fer, ce pendant qu'il est chaud.

SCENE XXI

CRISPIN, *à la fenêtre.*

Me voila, grace à Dieu, raisonnablement haut!
Trop obligeant grison, ta douceur m'assassine.

Maudit moy, maudit maistre, et maudite doctrine,
Et maudite Lucresse, et maudits six louis,
Par qui mes yeux tentés se sont vus éblouis !
Maudit... quoy ?... Je commence à connoistre ma faute...
Teste-bleu ! d'icy là le moyen que je saute ?
Il le faut toutefois. Taupe à tout !

(Il saute de la fenestre en bas.)

SCENE XXII

PHILIPIN, qui sort.

        A present,
Je viens dire... Ma foy ! ce sauteur est plaisant.
Mais il sort de chez nous ; il n'a rien que je sçache ;
Il faut, pour l'espier, qu'un moment je me cache.
Mais j'entends que l'on parle... Attrapons quelque coin.

SCENE XXIII

CRISPIN, FERNAND et PHILIPIN, au bout du théâtre.

CRISPIN, en soutane, dit à Fernand :
Pour un gueux comme luy vous prenez trop de soin :
Il meriteroit bien qu'on punist son audace,

Le vaurien !

FERNAND.

C'est là-haut qu'il attend vostre grace :
Moy, je vous la demande, à la charge d'autant,
Si jamais...

CRISPIN.

En quel lieu dites-vous qu'il m'attend,
Le coquin ?

FERNAND.

Voyez-vous cette grande fenestre ?

CRISPIN.

Il m'entend, le bourreau, mais il n'ose paroistre ;
De m'avoir offensé l'insolent est confus.
Je n'ay pas le pouvoir de vous faire un refus :
Ouvrez, j'entre.

FERNAND.

Avec vous faut-il pas que je monte ?

CRISPIN.

Pour le bien chastier, faisons-luy cette honte ;
Montez, ouy, montez... Non, épargnons ce maraut ;
Écoutez seulement : je luy parleray haut,
C'est assez.

(Crispin entre seul.)

5

FERNAND.

Je le veux ; refermons cette porte,
Et voyons...

SCENE XXIV

PHILIPIN, FERNAND *et* CRISPIN,
dans la maison.

PHILIPIN, *à Fernand.*

Quoy ! Monsieur, vous craignez qu'il ne sorte ?
Malepeste ! Le drille ! Il sçait bien d'autres tours,
Le manœuvre !

FERNAND.

Pourquoy me tiens-tu ce discours ?
Ou respecte cet homme, ou redoute ma canne.

PHILIPIN.

Quand on est baladin, porte-t-on la soutane ?
A propos ? Dites donc, vous riez ?

FERNAND.

Si je ry,

Sot !

PHILIPIN.

Vostre ensoutané saute mieux qu'un cabri,
Je le sçay; mais, chez vous, que peut-il aller faire?
Respondez, s'il vous plaist?

FERNAND.

                    Pardonner à son frere :
Il estoit en courroux, pour certains accidens...

PHILIPIN.

A ce compte, son frere est aussi là-dedans,
Est-ce pas?

CRISPIN, *à la fenestre.*

Ah! fripon friponnant...

FERNAND, *à Philipin.*

                         Tiens, écoute.

CRISPIN, *continuant.*

Voyez ce qu'aujourd'huy vostre faute me couste !
J'aurois eu le plaisir de jamais ne vous voir,
Si Monsieur dessus moy n'avoit pas tout pouvoir;
Mais je l'honore plus que personne du monde.

FERNAND, *à Philipin.*

Tu vois bien.

PHILIPIN.

Pour le moins, que son frere responde !
Il le doit.

FERNAND, *à Crispin.*

Vostre frere, à son tour, ne dit mot.
Qu'il parle !

CRISPIN.

Entendez-vous, beau pleureux, maistre sot ?
Si ma juste colere est sitost adoucie...

(*Déguisant sa voix et pleurant.*)

Monsieur, je vous rends grace, et je vous remercie.
Je n'ay pas à dessein repandu... Taisez-vous !
Si jamais... Paix ! vous dis-je, et craignez mille coups.
Je puis... Taisez-vous donc... Mais, mon cher frere... Encor

PHILIPIN.

Comment diable fait-il, le fusté ? Je l'ignore.

FERNAND.

Ils sont deux.

PHILIPIN.

Il le semble ; il n'en est pourtant rien.
Mais de bien le sçavoir je découvre un moyen :
Dites que devant vous il embrasse son frere.

CRISPIN.

N'estoit monsieur Fernand que je veux satisfaire,
Pécore...

FERNAND.

Il auroit tort de vous plus offenser;
Mais, Monsieur, pour me plaire, il le faut embrasser,
Et tousjours...

CRISPIN.

L'embrasser !

PHILIPIN.

Que cela l'embarrasse !
Voyez.

FERNAND.

De vostre part je prétens cette grace.

CRISPIN.

Il seroit trop honteux, si ce bien peu commun...

PHILIPIN.

Je vous jure ma foy, qu'ils ne sont, ma foy, qu'un.
Le madré ! Gardez-vous des finesses qu'il brasse !

FERNAND, *à haute voix*.

Seras-tu trop honteux si ton frere t'embrasse,
L'enfermé ?

5.

CRISPIN.

C'est à luy... Paix, monsieur le badaud !
Paix, fripon ! paix, belistre ! et venez icy haut !

*(Crispin met son chapeau sur son coude, et puis
l'embrasse si adroitement qu'il semble que ce soit
une autre personne.)*

C'est moins par amitié que ce n'est par contrainte ;
Venez, dis-je !

FERNAND, *à Philipin.*

Tu vois, ce n'est pas une feinte.

PHILIPIN.

Je n'y vois, ma foy, goutte, et ne sçais ce que c'est.

CRISPIN, *à Fernand.*

A present...

FERNAND.

A present descendez, s'il vous plaist ?
Je vous ouvre.

PHILIPIN.

Epions : car, ou bien je suis yvre,
Ou bien...

*(Il sort et met bas la soutane ; puis, comme Fer-
nand est entré, croyant faire sortir un autre*

*frere, Crispin prend l'occasion, et monte fort
diligemment par la fenestré, et ensuite sort avec
Fernand, comme si, en effet, il estoit frere du
Médecin.)*

CRISPIN, *descendu.*

J'ay fait defense au coquin de me suivre;
J'en aurois de la honte... Il viendra par aprés.
Adieu.

FERNAND.

Je suis ravy d'avoir fait cette paix;
Mais faisons sortir l'autre.

PHILIPIN, *ramassant la soutane de Crispin.*

Ah! je tiens vostre guesne,
Doctissime!

CRISPIN, *en habit de valet.*

Est-il loin?

FERNAND.

Assez loin.

CRISPIN.

Que de peine,
Monsieur!

FERNAND, *à Philipin.*

Hé bien?

PHILIPIN.

Hé bien, sont-ils deux?

FERNAND.

Ah! vraiment...

PHILIPIN, *montrant Crispin et sa soutane.*
Voilà l'un, voilà l'autre.

CRISPIN.

Ah! grands dieux!

FERNAND.

Quoy? Comment?
Que dis-tu?

PHILIPIN.

Qu'à merveille il grimpe une fenestre.

FERNAND.

Ah! perfide...

CRISPIN.

Ah! Monsieur, sçachez tout de mon maistre:
Le voicy.

SCENE XXV ET DERNIERE

FERNAND, CLÉON, LUCRESSE, CRISPIN, PHILIPIN, LISE.

FERNAND.

C'est Cléon ! C'est ma fille... Ah ! rusé !
Ce Cléon l'a séduite, et tu m'as amusé,
Médecin de malheur !

CLÉON.

Quoy ! Monsieur...

FERNAND.

Je te jure

Que tu l'espouseras, ou je te defigure...

LUCRESSE.

Daignez...

FERNAND.

Point de quartier : il sera ton espoux,
Ou du moins...

CLÉON.

Cet hymen a des charmes si doux,
Monsieur...

CRISPIN.

Sans affecter compliment ni surprise,
Vous, le fait de Lucresse, et moy, le fait de Lise,
Confondant tout ensemble et nos biens et les leurs,
Faisons des médecins, ou volans, ou voleurs.

Imprimé par Jouaust et Sigaux

POUR LA

NOUVELLE COLLECTION MOLIÉRESQUE

PARIS, 1884